KB004290

Margaux Motin
La tectonique des plaques

파리 여자도 똑같아요

마고 모탱 지음
임명주 옮김

INVENTION

지은이 마고 모탱_ Margaux Motin
파리에 사는 30대 돌싱. 프리랜서 일러스트레이터이자 파워 블로거. 남자 친구, 조숙한 어린 딸과의 코믹한 일상을 그린 일상툰으로 많은 사람의 공감을 받아, 현재 유럽과 미국에서 큰 인기를 얻고 있다. 그녀의 페이스북(https://www.facebook.com/MargauxMotinillustratrice) 팔로워 수는 10만 명이 넘는다. 〈엘르〉, 〈코스모폴리탄〉, 〈브리짓 존스의 일기〉 등에서 커버 일러스트를 그리고 있다.

『파리 여자도 똑같아요』 외에도 『민속학자가 될 걸 그랬어J'aurais adoré être ethnologue』『컨토션 이론La Théorie de la contorsion』『나쁜 쌍둥이Very Bad Twinz』 등의 작품이 있다. 마고 모탱의 블로그(margauxmotin.typepad.fr)에 가면 그녀의 재치 넘치는 일러스트를 볼 수 있다.

옮긴이 임명주
한국외국어대학교 불어과를 졸업하고 동 대학 통번역 대학원에서 석사학위를 받았다. 현재 출판 기획 번역 네트워크 '사이에' 위원으로 활동하고 있다. 역서로 미셸 뷔시의 『그림자 소녀』, 샤를 단치의 『왜 책을 읽는가』, 『걸작에 관하여』 등이 있다.

"인생이란 다른 계획을 세우느라 바쁠 때
당신에게 일어나는 일이다."

— 존 레논

새로운 시작

하지만
전반적으로는 끔찍했어...
내 인생이
끝나는 줄 알았어...

끝나는 줄
알았다구...

내 인생이 말야.

드디어 2미년!

"어려운 일은 지금 할 거예요,
불가능한 일은 시간이 좀 걸리겠죠…"

— <크레이지 히 콜즈 미 Crazy He Calls Me>, 빌리 홀리데이 Billie Holiday

닥쳐! 네가 하라는 대로 하지 않을 거야

이혼하면 다시 지독한 사춘기를 겪는다. 그래서 결혼이라는 제단에 희생양이 된 나,

정신없고 칠칠맞지만 창의적인 천재이고, 반항아이며, 결혼이라는 신앙을 믿지 않는 나를 다시 추구하게 된다.

이혼하고 나면 나이가 몇이든 누구나 다시 열다섯이 된다.

아이를 생각하면 그렇게 죽을 수는 없다. 그러니 그냥 참을 수밖에.

밤비 램프!!! 곰 인형,
벼룩시장에서 산 빈티지 그릇,
인디언 천막, 나무 공예품...
정리하지 않은 물건이
아직도 많아.

완전 멋지게
꾸밀 거야!!!

책임감

커플

돌싱

논싱

RiDE OR DiiiE MOTHER FUCKER!!!

하지만 문제는 내가 나를 열다섯 살로 생각한다고 해도

지구상의 나머지 사람들은 내가 서른둘인 걸 안다는 사실이다.

내 죄로소이다

그렇다, 술에 취한 엄마들은 정말 꼴불견이다...

정말 너어어어무 딸꾹 귀여워!
내가 널 입양할까?

하지만 나는 술 마시는 게 그렇게 나쁘다고 생각하지 않는다.
왜냐하면 책임감에 관해 나는 아주 중요한 한 가지를 이해하고 있으니까.

3시간 전...

그래, 맞아. 상상해봐. 그러니까 엄마 머릿속에서 상상해 보라구... 도시가 시골이야. 알겠어? 그러면 풀이 마구 자라겠지? 길이랑 집 때문에 자리가 많이 없겠지만. 그래도 잘 상상해 봐. 학교 가는 길에 멧돼지도 만나고... 하지만 낙타는 없어. 낙타가 있으면...

그러니까... 진짜 시골이 되잖아. 그러면 진흙도 있고. 하지만 우리가 아는 진흙하고는 달라. 자라에서 산 내 예쁜 구두를 더럽히지 않거든. 엄마, 무슨 말인지 알겠어?...

무슨 말인지 알겠냐구? 너를 창문 밖으로 던져버리고 나는 접시 술에 코 박고 죽고 싶어! 술이 부른다. 술이 나를 불러...

엄마들이 술을 마시는 건 다 애들 때문이다!

원더우먼

세상의 모든 엄마는 슈퍼 파워를 갖고 있다...

엄마,
나 옷 입고
그대로 잤어!!!

사랑하는 내 딸아,
잠자는 숲속의 공주가 잠들기 전에
헬로키티 잠옷으로 갈아입었을 거 같니?!?

너도 공주잖아. 아냐?

슈퍼파워 #1 : 불성실

지혜로운 속담 : "시간 전에는 아직 시간이 아니고,
시간이 지나면 더 이상 시간이 아니다"

9시 정각

업무 시작

GREEN

자연과 함께하는 참살이 그린 라이프

다육식물 715 사전
다나베 쇼이치 감수 | 190×257 | 176쪽 | 18,000원

715종의 다육식물 도감과 관리방법, 기초 지식, 모아심기 방법을 수록.

내 손으로 직접 번식시키는 꺾꽂이 접붙이기 휘묻이
다카야나기 요시오 지음 | 210×257 | 256쪽 | 25,000원

인기 나무, 관엽식물, 화초 142종의 번식방법을 그림과 사진으로 설명.

관엽식물 가이드 155
김현정 감수 | 210×257 | 196쪽 | 19,000원

생기 넘치는 초록잎을 즐길 수 있는 관엽식물 155종을 소개하는 책.

사진으로 배우는 분재의 기술
Tokizaki Atsushi 감수 | 210×257 | 208쪽 | 23,000원

사진과 그림, 풍부한 작품 예시로 초보자도 따라 할 수 있는 분재 교과서.

내 손으로 직접 수확하는 과수재배대사전
Kobayashi Mikio 감수 | 210×257 | 272쪽 | 25,000원

인기 과수 82종의 재배방법을 1240장의 사진과 340개의 그림으로 설명.

내 손으로 직접 하는 나무 가지치기
김현정 감수 | 210×257 | 192쪽 | 19,000원

실제 나무 사진과 상세한 그림으로 가지치기를 알기 쉽게 해설.

약용식물대사전 [판매종료 임박]
다나카 고우지 외 1명 지음 | 210×259 | 288쪽 | 29,000원

약용식물의 특징과 효능부터 이용방법까지 사진과 함께 자세히 설명.

채소재배 대백과
정영호·홍규현 감수 | 210×259 | 504쪽 | 38,000원

인기 채소 114종의 재배과정을 사진과 그림으로 알기 쉽게 설명.

한눈에 보는 버섯대백과
김현정 감수 | 182×257 | 368쪽 | 32,000원

300여 종의 버섯을 소개한 버섯도감. 독버섯 카탈로그도 유용하다.

나는 시골 출신이다. 우리 고향에서는 속담 갖고 장난치지 않는다.

또 다른 속담

우리 고향에는 또 이런 말도 있지
"소가 포도를 먹으면 나도 우유를 마시겠다."

"와인 한 잔이면
의사가 필요 없다."

"방귀 잘 뀌고 트림 잘하는 게
건강한 것이다."
내가 제일 좋아하는 속담이야.

속담은 자기계발의 훌륭한 길잡이다.

나쁜 여자

딸에게 선물하고 싶을 때...

...주말에 친구들 만날 때 내가
입어도 될 것 같다.
내 정신연령이 열다섯이니까.

우와아! 너무 예쁘다!
이거 사자!

짜잔!

If you think *
i'm a
Bitch
wait until
you meet my
Mother

* 내가 나쁜 년이라고? 우리 엄마 못 봤구나!

강박장애

제기랄-제기랄-
제기랄-제기랄-
제기랄-제기랄

제기랄,
제기랄.
개짜증!
정말 죽어 버리고 싶어!

내기할까?

반가운 월요일... 제기랄!

에티켓에 관한 소론

1. 항상 그릇을 깨끗이 비워라.

자동 완성 기능

누구도 알아선 안 되는 특급 비밀인데...

...측면은 괜찮아.
내가 코드의 소스 길이를 줄였거든.
그런데 배너에서 막혔어...

아아아아 제기랄!

알았어.
네 블로그에 잠깐 가서
문제를 해결해볼게.
로그인 아이디는 있으니까...
비번은 뭐야?

비밀번호가
아아아아 제기랄이야?

아니.
어아어카이

뭐라구.기?

어라이어카리

나는 보스다

한 기업의 대표라면 위기관리를 할 줄 알아야 한다.

팀 전체와 회의를 하니까
스피커폰으로 말해야 할 거야. 그러니까
프로페셔널하게 보여야 해.
그게 바로 클라이언트가 원하는 거야.

집중해야 돼. 포커스!
본론으로 바로 들어가는 거야!
숨을 크게 쉬고...

'명확하게'
'영리하게'
그것만 생각해!

긴장되겠지만
넌 할 수 있어.

스타킹 관계자 여러분, 저에게 신기한 재주가 있어요

확실히 하자고

자, 오늘 저녁에는
딱 한 잔만 마시고 그담부텀
녹차만 마시는 거야!

그래.
담배도 세 대만 피고!

단지 거지같은 목표만 세워서 그런 거다.

"창의력이 뛰어난 성인은 살아남은 어린아이다" U.K. 르귄

아항! 말문이 막히셨군요? 화나죠? 짜증 나죠? 군따지처럼 성가시죠!!!

말하는 거 하고는!

어휴... 어른들은 너무 심각해요. 하지만 저는요, 어린 영혼을 이케아에서 산 밀폐용기에 가둬놓지 않았어요. 나는 자유로운 영혼이에요. 내 안에는 아직 어린아이가 살고 있어요!

군따지에 이름을 붙여주고 퓌레로 성을 만들고...

인형한테 말을 걸고, 방귀도 안 참아요. 나는 망아지처럼 자유로워요.

나는 아티스트라구요!!!

정말로 아티스트라구요

"They wanna make me go to rehab, I say no, no, no..." *

* 영국 싱어송라이터 에이미 와인하우스Amy Winehouse의 〈리햅Rehab〉.

어머나! 누가 들으면 우리가 대마초 피우면서 지미 헨드릭스 음악이나 듣고 엉덩이에 꽃이나 그리면서 시간 보내는 줄 알겠네. 엄마도 나를 잘 키웠잖아. 나도 내 딸을 잘 키우고 있어요. 아무렇게나 사는 게 아니라 스트레스를 덜 주려고 그러는 거예요. 우리가 맨날 놀기만 하는 줄 아세요? 내가 알아서 해요.

물론이다. 어른이라면 책임을 질 줄 알아야 한다.

... 그렇게 어른이 되어 간다.

마법의 거울아! 마법의 거울아!
나한테 말한 모든 것을 너한테 다시
되돌려 주겠어! 파워 반사!!!!

잠깐만요, 가서 손목 좀 긋고 다시 올게요

요다

나의 베스트 프렌드는 제다이 마스터다. 모르는 게 없다.
시간이 나면 언제나 참을성 있게 나를 올바른 길로 인도하려고 한다.

어쩌면 너한테
하고 싶은 말이 있었는지도 몰라...

뭐라고?
무슨 말을 하는 거야?!

너처럼 되지 않겠다고 말한 건, 너로부터 분리되고
싶다는 뜻이야. 탯줄을 자르겠다는 거지.

뭘 잘라?!? 너 미쳤어? 탯줄은 아빠들이
자르는 거잖아. 그런데 이 집에는 아빠가
없어. 알겠어? 내 탯줄 건드리지 마!

딸은 엄마를 죽여야 자유로워지고 비로소
자신의 인생을 살게 되는 거야.

그건 또 무슨 말이야? 내 딸이 사탄의 인형 처키라도 된단 말이야?
여섯 살짜리 애한테 못하는 말이 없네! 네가 지금 하는 얘기는
탯줄 자르는 수준이 아니라, 산 채로 사람 배를 가르는 거잖아!

아이들은 문제 있는 부모와의 관계에서 벗어나려고
탯줄을 자르는 거야. 그거 알아?

문제 있는 부모?
우리는 완벽한 가족이야!

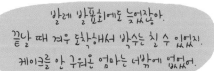

이틀에 한 번 꼴로 함께 가잖아.

어린이집이야! 그리고 어린이집은 의무가 아니야!

발레 발표회에도 늦었잖아. 끝날 때 겨우 도착해서 박수는 칠 수 있었지. 케이크를 안 구워온 엄마는 너밖에 없었어.

백조의 호수도 아니었는데 뭘 그러세요, 프로이트 박사님. 애벌레 역할 한 거 같고...

애벌레는 나비가 되지. 게다가 빨리 부화해. 한눈팔면 놓치고 말아. 이 나비가 우리 애벌레였는지, 저 나비가 우리 애벌레였는지 모르게 되는 거지. 우리 나비를 영영 잃게 되는 거야...

중국 속담 같은 얘기로 날 놀리는 거야? 네가 쿵푸팬더에 나오는 사부님이라도 돼? 무슨 소리 하는지 하나도 모르겠네!

친구는 참을성 있게 레이저 검으로 내 얼굴을 찔렀다.
레이저 검의 모델명은 '나쁜 엄마 2012'였다.

벌써 철이 든 딸

"인생에서 가장 중요한 교차로에는 신호등이 없다,
우리는 이 사실에 익숙해져야 한다" 어니스트 헤밍웨이

나의 인생

포카혼타스 되기

파블로 만나기 ♡

창조적이고 예술적인 인생 살기

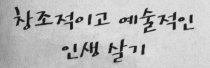

히피 친구들 사랑하기

설계도

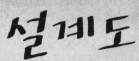

바다 한가운데
집짓기

대가족 만들기

자연 속에서
살기

한 남자를
영원히 사랑하기

그런데 나는
딸 하나를 둔 싱글맘이고,
유리창을 열면 쓰레기장이
내려다보이는 파리의 아파트에서
살고 있어...

좋은 계획을 세울 줄 아는 재능을
짊어으면 방향감각도 함께
줘야할 거 아냐!

안 그래요? 거기, 저 위에 있는 사람들,
당신들이 누구인지 모르겠지만,
재능분배 부서에서 일하는 당신들,
안 그래요?!?

걸크러쉬

세 명의 슈퍼걸이 힘을 모아 강력한 에너지장을 개발했다.
더 막강한 파워를 장착하게 된 슈퍼걸들은 악당들을 물리치고 세상을 구하기로 했다.

...아님 말고.

아기 조랑말과 꽃무늬 팬티는 어디로 간 걸까

비온 후 태양의 향기 같아.
늦여름의 냄새, 웃음과
부드러움의 향기...

사랑의 향기...?

아뇨.

죽은 새
향기요.

하늘에서

시간은 소리 없이
서두르지 않고 지나간다.
구름이 가득 청청히...

시간에 쫓기지도 않고
떠나지 않는 생각도 없고...
잔소리하는 엄마도 없고...
아이도, 집도, 도시도 없어...

...저 높은 하늘 위 어딘가에
하얀 구름에 둘러싸여 있다...

고객도 없고
인터넷도 없고
전화도 없고
짜증나는 것들은 모두 사라져버렸어!

일 초에
한 자씩
읽을 거야
쓴은 흘어받지 않고...
잠시 쉬어야지...

차와 쿠키를 먹으며 잠시 쉬어야지...

실례합니다.

뭐 드시겠어요?

Girls just wanna have fun*

* 팝가수 신디 로퍼Cyndi Lauper의 곡. 1983년 빌보드 차트 2위에 올랐다.

봄방학

왜 남자 사람 친구는 베프가 될 수 없을까

이 사람은 남의 물건도 자기 것인 양 쓴다.

이 사람은 남의 물건을 소중히 다룰 줄 모른다.

그러니까 생리 중이
아니라는 거지?

이 사람은 나와 같은 시기에 생리하지 않는다.

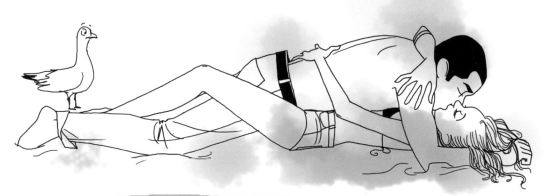

이 사람은 내 장난을 웃어넘기지 않는다.

유유상종

공통점이 많으면 함께 나눌 수 있다는 장점이 있다...

공통점이 많으면 나쁜 점...

함께 나눠야 한다는 점이다.

잠자리가 불편할 때...

새로운 남자 친구와 처음 관계를 갖는 밤…

우리 몸 안에는 뜨거운 용암이 부글부글 끓고 있다가, 한순간 몸 밖으로 터져나온다고 한다.
그렇게 우리는 관능의 여신이, 성의 화신이 된다…

이 우주에서 그 누구도 차마 인정 못하는 이 비밀이 밖으로 터져나오게 놔두느니, 차라리 죽는 게 낫다.

여자도 남자와 다름없다.

판타지

나는 오래전부터 영화를 찍어왔다. 영화 찍는 데 소질이 있다. 나는 새로운 로맨스가
어떤 모습으로 펼쳐질지 정확히 알고 있다.

내 머릿속에선 정말 완벽했다.

하지만 현실은 늘 실망스럽다.

안 올 거야?

안 가!!!

Kiss & Fly

St-Jean 생장

Paris 파리

St-Jean 생장

Paris 파리

유비무환

그러니까... 하루, 이틀, 사흘... 3일 동안 있을 거니까 3x2=6에다가 예비로 +3 하면 티셔츠가 9벌 필요하겠군.

더울지 모르니까 탱크탑도 3장 챙겨야지. 우아한 옷도 2벌 정도 챙겨야 해. 그냥 입어도 되고 쌀쌀할 때는 스웨터에 받쳐 입을 수 있는 걸로!

상의를 골랐으니 이번엔 하의!

맨발에 운동화 신을 때 입을 짧은 레깅스 하나, 양말 신을 때 입을 긴 레깅스 하나, 분위기 화끈할 때 입을 색깔 레깅스 하나...

핫팬츠! 더울 때 내추럴한 패션을 연출하고 싶을 때...

약간 야해지고 싶을 때는 미니스커트!

바람이 불 때 하지만 춥지 않을 때 입을 가벼운 카디건, 저녁에 외출하는데 바닷바람이 불면 입을 좀 두꺼운 카디건...

어머나! 맙소사... 저녁에 외출하려면 하이힐이 필요하잖아!!!

금요일   토요일   토요일 저녁   일요일

내가 그렇지 뭐...

진짜 솔직하게 말한다면

가끔 인생 DVD에 자막 옵션이 있다면 어떤 일이 벌어질까 생각하곤 한다.

엉덩이에 청심을 박았다우. 그래서 다리를 좀 저는데
교정 신발을 신어서 괜찮다우. 문제는 대장염이야.
그게 성가시지. 젊은 사람은 무슨 말인지 모를 거야.

아, 네...

대장염이요? 할머니,
겨우 3분 전에 만났는데
할머니 똥통 얘기를
내가 들어야 하나요?!?

꼬마야, 착하지.
그만해라.
어른들 얘기하잖아.

도대체 누구 애야?
애를 이렇게 놔두면 어떡하자는 거야?
생각이 있는 거야 없는 거야!

말했잖아요

아무것도 아니에요

우리 병아리가 아침에 혼자 옷을 입기 시작하면서
내 시력이 극도로 나빠졌다...

세상의 모든 엄마들은 슈퍼파워를 갖고 있다 #2

친구들과 모히토를 마시고
줌바 춤을 춰야 하는데...

슈퍼파워 #2: 다양한 외국어 구사 능력

800㎞나 떨어져 있는데 설마 확인하러 오겠어?

다 상대적이야

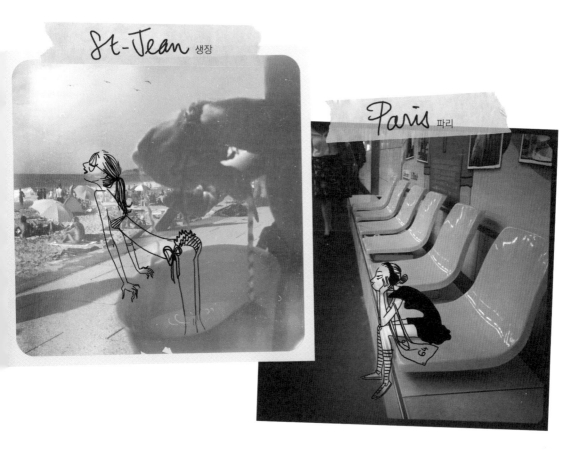

St-Jean 생장

Paris 파리

잠자는 숲속의 공주

"...왕자님은 침대 위에 누워있는, 세상에서 가장 아름다운
공주를 보고 깜짝 놀랐습니다..."

"공주는 열여섯 살 정도 되어 보였고, 몸에서는 빛이 나
천상에서 내려온 천사 같았습니다."

"왕자님은 떨렸지만 용기를 내 공주에게 다가갔습니다."

"왕자님의 소리에 주문이 풀렸는지 공주는
서서히 잠에서 깼습니다."

더
큰 일야.

"자신을 사랑스럽게 바라보는 왕자님을 보고, 용기를 얻은 공주가 말했습니다.
당신이 나의 왕자님인가요? 기다린 보람이 있었군요..."

아도 아 돼!

"왕자님은 공주의 말에 감동을 받아, 특히 공주가 말하는 모습에 감동을 받아, 기쁨과 고마움을 어떻게
표현해야 할지 몰랐습니다. 왕자님은 자기자신보다 공주를 더 사랑한다고 말했습니다."

진짜 큰
일 난다니까! 그것도
돼지처럼.

아름다운 범죄

...사악하면서도 경이로운

바람과 물결

바다는 이미 저 멀리 물러나 있지만

두 개의 작은 파도가 아직 당신의 눈에 남아있다.

사악하면서도 경이로운

바람과 물결

두 개의 작은 파도에 내가 빠졌다.

자크 프레베르, 시집 『말Parole』 중 「움직이는 모래Sables mouvants」

멘탈리스트

나에겐 여자의 직감이라는 독특한 재능이 있어서, <u>남자 친구의 속마음을 읽을 수 있다.</u>

물론 남자 친구는 내 능력을 인정하지 않지만, 나는 그에 대해 잘 알고 있다. 그 자신이 모르는 부분까지도 알고 있다. 그래서 나를 무서워하고 있는 거다. 하지만 나에게만 그런 재능이 있는 건 아니다. 나처럼 엄청난 통찰력을 가지고 있는 다른 존재들이 있다. 우리가 힘을 모으면 꼭꼭 숨어있는 진실도 끄집어낼 만큼 강력해질 수 있다.

욕구 불만

뜨거운 사랑

...내 노래에 네 사진을 끼워 넣었어
내 집에 법선을 들여 놓았어
떠나고 싶었지만 이제는 그렇지 않아
나는 거꾸로 살았어. 내가 사는 곳이 싫어졌어
백 살 먹은 노인이 되어버렸고 더 이상 예전의 내가 아냐
너를 처음 본 후 다른 사람들이 싫어졌어
난 더 이상 꿈꾸지 않아. 내게로 와서
날개를 달아줘... *

*프랑스 가수 리샤르 코시앙트Richard Cocciante가 1979년에 발표한 〈뜨거운 사랑un coup de soleil〉.

마고 공화국

★ 발레용 스커트.

"어서 와, 바람의 나라, 요정의 나라로 데려다줄게..." *

결정을 내리기 힘들 땐 마음을 열고, 생각을 비우고, 우주가 나에게 보내는 신호에 집중한다.

* 프랑스 가수 프랑스 갈France Gall의 〈어서 와, 데려다줄게Viens, je t'emmène〉.
** 피레네 산맥 서부의 프랑스와 스페인에 걸쳐 있는 지방.

이게 신호야!

치즌데.

아냐. 그는 매우 섬세한 사람이야. 그리고 나는 예술가고. 그가 보내는 섬세한 메시지를 이해할 능력을 갖고 있어.

프로모션 중인 치즈야! 이해하겠어? 에틀론키 치즈가 30% 할인이라구? 아직 모르겠어? 에틀론키 = 바스크 치즈 = 바스크 프로모션 = 짐 싸서 바스크에 정착

바스크가 나한테 말을 거는 거라구. "어서 와"...

정말 그렇다. 근사하지 않아요?

성공적인 이사, 혹은 자연으로의 회귀를 위한
단계별 과제

1 단계

건강한 생활환경과
인류에 적합한
자연환경
회복하기. ☑

2단계 지역민의 초청 받아들이기. ☑

3단계 식량원 확보와 생물다양성 개발. ☑

* 간 고기를 양념하여 구워낸 요리.
** 스페인의 보르도 와인이라 불리는 유명한 와인. 주로 레드와인이 생산된다.

최종 단계   반복 능력 키우기.

성공적인 정착 프로젝트였다고 자평한다.

정신 차려!

할 일이 많고 피곤할 때 나는 일상적인 일들을 매우 기계적으로 수행한다.
아무 생각 없이 버튼을 누르고, 가스 불을 끄고, 문을 잠근다...

그러다 정신이 돌아오면 끔찍한 공포감이 몰려온다. "기계적으로 잘 수행했는가?"

기억을 더듬지만 생각이 나지 않는다.

이 경우 내 눈으로 직접 확인해야 한다.

음... 뒤집어 입었네.
그럴 줄 알았어.

저번에는 신발도 안 신고 외출했는데, 그에 비하면 정말 놀라운 발전이다.

아이들은 진실만 말한다

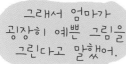

그리고 또 엄마가 페이스북도 한다고 말했어.

그리고 와인도 마시고.

가끔 고 귀여운 주둥이를 닫아주었으면 하는 바람이 있다.

나에게는 심각한 정신장애가 있다

나에게는 말벌 공포증이 있다.

정신 질환

Home

천 개의 벽이 세워졌다.
곱게 늙어가는 집에는
천 개의 집을 지키는 어머니들이 있다
잠들어 있던 기와의 물결들은
햇빛을 받고 되살아나
새들의 그림자를 품는다
물이 물고기를 품는 것처럼 …
나는 공중으로 몸을 던지고 …
세상으로 돌아온다 …
나는 해방된 시간을 말한다
이성 파괴자들을 말한다
나는 자유를 말한다

폴 엘뤼아르, 시집 『끊임없는 시Poésie ininterrompue』 중
「저기, 여기, 어느 곳에서나Ailleurs ici partout」

그게 뭐죠? 어느 나라 말인가요?

당근하고 파. 그리고 로마네스코,
튼피낭부르, 루타바가,
샐서피, 스타키스 아피니스,
패티팬, 치커리도 넣었어요.

뭐라고
하신 거죠?

그러고 보니 채소는 외국어를
배우는 것과 같다.
일찍 시작할수록 좋다.

위기의 주부*

나는 내가 가브리엘 솔리스였으면 좋겠다.

오늘 나쁜 짓을 했어요. 딸아이 급식비로 하이힐 세 켤레를 샀어요. 혼내주세요. 누텔라를 거기에 발라요. 핥아드릴게요.

하지만 현실을 직시할 줄 알아야 한다.

"나중에 하라구?!?" 암소사! 리넨 100%에 초콜릿하고 야자유가 묻으면 어떻게 되는 줄 알아? 재앙이야. 재앙!

나는 브리 밴 드 캠프였다.

***** 미국 드라마 〈위기의 주부들Desperate Housewives〉 패러디. 가브리엘 솔리스, 브리 밴 드 캠프는 드라마 등장인물이다.

나는 나쁜 여자

우리에게는 공통점이 한 가지 있다...

...호피 블라우스...

내가 그 옷만 입으면 헛구역질을 하고 머리를 흔들고 자기 목을 조르는 시늉을 한다니까...

...우리 모두에게 남자 친구나 남편이 있다는 것이다

비밀

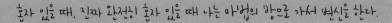

혼자 있을 때, 진짜 완전히 혼자 있을 때 나는 마법의 방으로 가서 변신을 한다.

목욕탕의 여신
툰완다!

툰완다는 부두교 주술사로 내 몸에 들어와서 나를 이용해 의식을 치른다. 아주 이상한 짓을 나한테 시키기도 한다.

하이, 하이!

싸구려 파란색 아이섀도를 바르면 어떻게 될까?

휴유... '퓨어 스모키'라... 발라봐야지.

위험한 짓도 시킨다.

남자 친구 엄마의 헤드 밴드를 하면 내가 누구인지 알아볼까?!?

주술사는 죽음도 꿰뚫어 본다.

별로야. 앞머리를 자를까?

제기랄, 흰머리라니!

★팝가수 비욘세Beyoncé의 〈싱글레이디Single Ladies (Put a Ring on It)〉.

★ 비욘세의 〈베이비 보이Baby Boy〉.

그이는 내가 자면서 방귀를 뀌고, 겨울엔 다리털을 면도하지 않는단 걸 알고
충격에 빠져 있어. 거기에다 목욕탕 안에서 바디샴푸 오델처럼 샤워하지 않는단 걸
알게 되면, 그야말로 최후의 일격이 될 거야.

더 이상 못 참겠어.
오줌 쌀 거 같아. 지금 당장.

극복할 수 없는 언어의 벽

*트윙고Twingo. 르노의 경차 브랜드.

맞아! 초등학교에서 수학을 가르치지...

자유

LOL

아이 맡길 곳을 찾지 못해 육아휴직 중인 엄마의 이야기다. 아이 맡길 곳을 찾지 못한 이유는 일을 하지 않기 때문에 대기자 리스트의 우선순위가 아니어서이고, 일을 하지 않는 이유는 육아휴직 중이기 때문이고, 육아휴직 중인 이유는 아이를 맡길 데가 없어서이고... L.O.L.

이거 들어봐.

"여성이 일하면 출산율이 상승한다."

어쩌고저쩌고.... 아! 여기다.

"두 명의 경제학자가 오늘날 출산율이 상승한 건 일하는 여성의 수가 증가했기 때문이라고 밝혔다. 아이를 키우면서 직업을 가질 수 있는 환경이 마련되었기 때문에, 아이를 갖는 여성이 늘어나고 있다는 것이다."

푸하하하하아아

가끔 미친듯이 웃는 것도 건강에 좋다...

항상 생각하고 있지만 절대 입밖에 내지 않는 것

...여자를 보더니 일곱 살밖에 안된 애가
이렇게 말하더라구. "엄마! 페이스북!"
우리는 서로 쳐다보고 "너도 봤지?" 하는 눈빛을
교환했어. 그리고는 배꼽 잡고 웃었어.
너무 귀엽지 않아?

아이들이란...

...그런데 남의 아이들...

양동이에 머리를 박고 머리를 감고
있더라니까. "팜푸" 한다고 그러면서.
무슨 말인지 몰라서 "팜푸?"라고
했더니 "아니오. 팜-푸"...

...이야기는 재미없다!

대기실

의사협회 주최 세미나에서 기관지 검진할 때는 너도나도 자원하던 의사들이, '대기실' 설계에 관한 브레인스토밍 때는 한 사람도 보이지 않는다.

의사들이 환자를 '고객client'이라고 부르지 않고 '환자patient'라고 부르는 데는 이유가 있어요.* 검사받는 시간보다 기다리는 시간이 더 길기 때문이죠.

대기실만 해도 그래요... '대기하다'라는 말은 '기다리다', '기다리다 목 빠지다', '기다리다 죽다'라는 뜻이에요.

여기는 최신 잡지 살 생각하는 사람이 아무도 없어요? 2005년 엘르? 1992년 TV가이드? 뭘 보라는 거야?!?

나 말고 아무도 분노하지 않는 거예요? 내가 비정상인 거예요?

* patient(환자)에는 '참을성 있는'이란 뜻도 있다.

내 생각엔 의사들이 돈을 못 벌다보니, 단순한 환기 규정 하나 지킬 수 없는 지경이 된 것 같다.
게다가 꽉 막힌 대기실에서 환자들은 뇌에 산소공급이 안 돼 따질 생각도 못 하고...

...바보처럼 가만히 앉아 있는다.

크라잉 프리맨*

나는 아주 어릴 적에 고통으로부터 나를 보호하는 훌륭한 방어시스템을 개발했다.
적의 공격을 완벽하게 무력화하는, 놀라울 정도로 효과적인 기술이다.

1983.

아아아아아!

손도 안 댔어...

덕분에 지금까지 힘들이지 않고 고문과 고통을 피할 수 있었다.

악명

젊은 여자가 있다. 이 여자는 자연의 변화에 좀 민감하다. (그렇지 않은 여자들이 있던가? 나도 보름달이 뜬 밤에 아이를 낳았다. 그날 산부인과에는 대략 3000명의 산모가 있었다.) 여자는 생리적으로 민감하기 때문에 보름밤에는 쉽게 잠들지 못한다...

그러면 다음날 말할 것도 없이 피곤하고 힘든 하루를 보내게 되고 (평범한 하루일 수도 있다. 유사 이래 여자들이 뼈 빠지게 일하지 않은 날이 있었던가?) 몸이 피곤하면 불안하고 우울해진다.

거지발싸개 같으니!

새벽 4시가 다 됐네... 2시간 후에는 일어나야 하는데. 죽을 거 같아, 죽을 거 같아, 죽을 거 같아. 제발 잠 좀 자게 해주세요. 제발!!!

달님 감사합니다. 에베레스트 산을 올라가는 것같이 힘든 하루를 주시고, 다 죽여버리고 싶은 살인 욕구를 주셔서.

피곤에 지친 젊은 여자가 있다.
부드러움과 위로가 필요한 여자다.

특별할 것 없는 보통 여자로, 단지 수면부족으로 고통받고 있을
뿐이다. 부족한 마그네슘을 보충하기 위해서는 단백질이 풍부한
아침식사가 필요하다.

간지러운 콘셉트과
레이스 슬립은 갖다 버려!
오늘은 노숙자 온다!

갑자기 흥분된다. 날고기도
먹을 수 있을 거 같다.

보름달이 뜨면 여자는 분노한다...

뭘 쳐다봐?

뭘 보냐고오오?!?

지나가던 나그네는 생명의 위협을 느낀 나머지 스타킹에 오줌을 지렸다.
친구들에게 왜 오줌을 지렸는지, 어떻게 설명해야 할지 난감해 하며.

내 생각에 '늑대인간'의 전설은 이렇게 시작된 것 같다.

대략 난감

...내 병아리가 이제 글을 읽을 줄 안다.

인생에서 중요한 건 초등학교 1학년 때 다 배운다

"그가 떠날까 봐 행복을 피한다"
1982년에 제인 버킨이 노래했다

쓸데없는 일로 행복한 순간을 망치는 건 바보 같은 짓이다...

A Whole New World*

♫ ♪ ♪ *... il dureraaaaa, pour toi et moaaaaa ...* ♪ ♫
♪   ♪

... 그대와 함께 언제까지나 ...

★ 디즈니 애니메이션 〈알라딘〉 주제곡.

영원히이이이이...

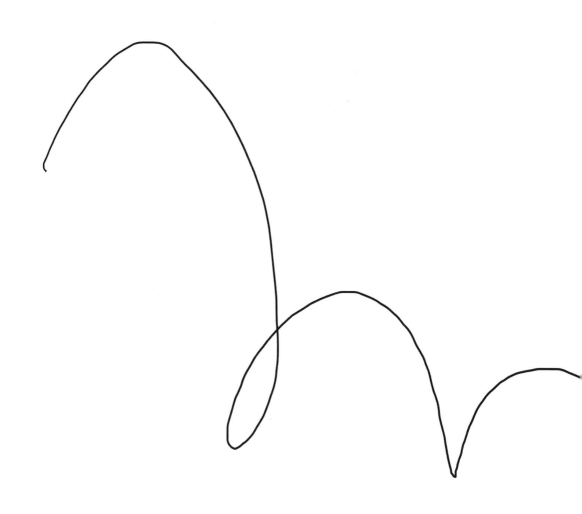

영원할 줄 알았는데...

고마워 친구들아

어머니, 안녕하세요?
지금 막 아파트에서 전화 드리는 거예요.
비디오 컨퍼런스로 전략 회의를 하려구요.

제 생각에는 반나절씩 교대로 작업하는 게 좋을
것 같아요. 아침 9시부터 저녁 9시까지 전화와
스카이프를 담당할 사람이 필요해요.
제가 야간을 맡을게요.

알았다. 그럼 다른 사람들이 괜찮다면 내가 오전을
맡을게. 마카가 매일 아침 9시 30분쯤 전화하니까
달라지는 것도 없고. 나도 오전에는 회사에 약속 없어.
12시까지 내가 책임지마.

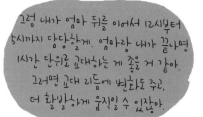

그럼 내가 엄마 뒤를 이어서 12시부터
5시까지 담당할게. 엄마랑 내가 끝나면
1시간 단위로 교대하는 게 좋을 거 같아.
그러면 교대 리듬에 변화도 주고,
더 활발하게 움직일 수 있잖아.

'심리 지원' 활동은 누구도 고마워하지 않는, 생색이 안 나는 일이다. 자원봉사자들이 존경스럽다.

이별 후 살아남기, 혹은 치유의 7단계

2. 부정

4. 의기소침, 우울

오늘 뭐하고
싶어?

7. 회복

우주의 기운

사랑하는 사람과 헤어진 후에는 심리적 안정이 필요하다. 심리적 안정에는 별자리 운세만 한 게 없다.

진실 마주하기

When the night has come and the land is daaaark*

불면증에 걸리면 적어도 조용히 혼자만의 시간을 즐길 수 있고,
건설적이고 철학적인 사고를 할 수 있다는 장점이 있다.

인생은 프랙탈적 카오스야.
나의 활력 그래프를
전도시키려면 애정 공식을
바꿔야 해.

...꼭 그런 것만은 아니다.

만약에 좀비가 공격해 온다면, 산 채로
잡아먹히지 않기 위해 내가 사람들을 먼저
죽여야 할까? 아니면 민병대를 구성해야
할까? 아니면 도망쳐야 할까?

*미국 흑인 가수 벤 E. 킹의 〈스탠 바이 미Stand by me〉.

깨달음

피곤하면 발기부전 환자처럼
시들시들해진다...

...뿐만 아니라...

아아아아아아아!

누누누구세요?!?

아니면 너무 곤두서나?

새로운 나

헤어스타일

타투

라이프스타일

누구나 새로운 인생을 시작하면, 사소한 것 몇 가지라도 근본적으로 바꾸고자 하는 강한 욕망을 갖게 된다.

불행히도, 우주는 대반전에 대한 준비가 아직 안 되어 있다.

사회 부적응자

방해 공작

나는 서른다섯 살이다. 나 자신과 화해하고 나 자신을 사랑하기 위한 진지한 작업이 필요할 때다.
그래서 평소에 정신을 건강하게 가꾸고, 적극적으로 나 자신을 표현하려고 노력 중이다.
고강도 에너지와 집중력이 필요한, 복잡하고 힘든 작업이다.

아 아아 아 아 아!

사람 살려어어어!
도대체 뭐였지?!?

내 몸을 삭제해버리고 싶어!!!

...장난 아니라고, 탈의실에 형광등을 달면 어쩌자는 거야!!!

자신에게 잘하기

새로운 다짐

새로운 인생을 살기로 결심했다면, 새로운 목표를 정해야 한다.

일주일에 리번 수영하고, 저녁마다 안티 링클 크림을 꼭 챙겨 바르고, 3분 동안 이빨 닦고.

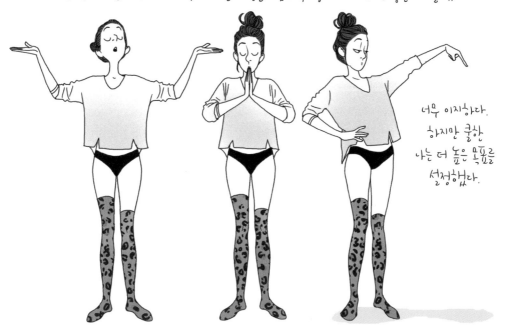

너무 이지함다.
하지만 쿨한
나는 더 높은 목표를
설정했다.

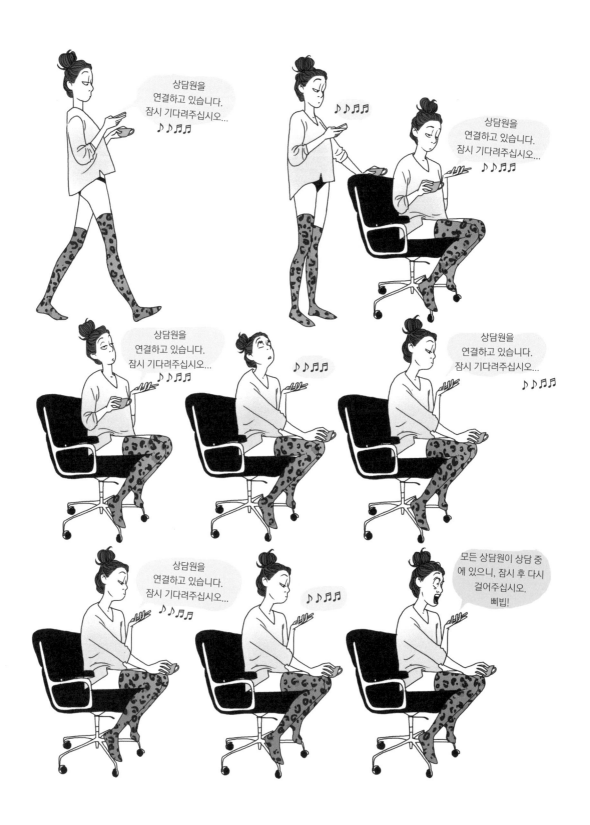

명상을 하기로 했다.

빛나는 황금처럼

나의 자유를 골라, 선반에서 꺼내
내 목걸이에 매달고, 목에 두른다
그리고 자유와 함께 차에 몸을 싣는다
어디를 가든, 자유는 나를 멀리로 데려간다
나는 내 인생을 살 거야. 빛나는 황금처럼...

－질 스캇 Jill Scott

명상은 쉬운 것부터 시작하는 게 좋다

휴대폰 벨소리를 바꾸는 건 명상의 첫걸음.

하느님이 일하는 방식은 정말 신비롭다

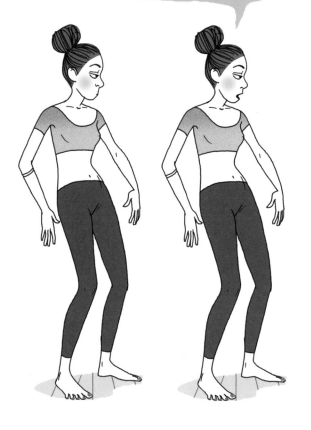

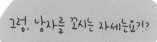

시험에 들게 하시고...

책임감 : 나누고, 사랑하고, 어떤 상황에서도 평정심을 유지해야 하는 위대한 순간.

지구는 오렌지처럼 파랗다*

* 폴 엘뤼아르의 시집 『사랑, 시L'amour la poésie』에 수록된 시.

내 안의 지각변동

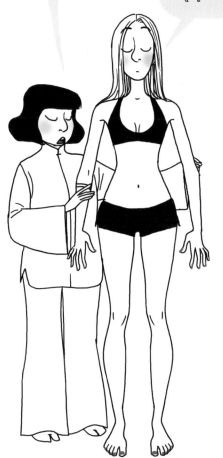

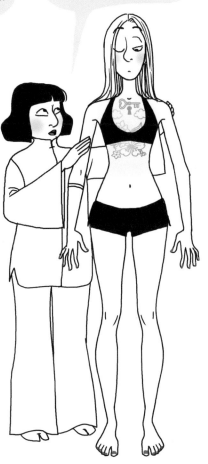

진정한 인간 안에는 놀고 싶어하는 아이가 숨어있다. – 니체

여섯 살 반

"안녕하세요, 마고의 음성사서함입니다,
지금 전화를 받을 수 없으니 메시지를…"

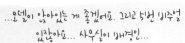

포스터 사이즈랑 크기 맞지 않아요. 수정해야 하는데...

...모델이 앉아있는 게 좋겠어요. 그리고 5번 비주얼 있잖아요... 사무실이 배경인...

장식이 좀 더 현대적이어야 할 것 같아요. 마갈리가 지금 메일로 이미지 자료를 보내줄 거예요.

1번, 2번 비주얼은...

...의상에 대한 지적이 있었어요...

옷을 더 입혀야 할 것 같아요. 가을에 나올 거라서...
무슨 말인지 알겠죠?

다 된 거 같아요.
전화로 얘기한 내용 방금 메일로 보냈어요.

...금방 해줄 수 있죠?
인쇄일까지 생각하면 시간이 별로 없어서요.

그래서 빨리 받아야 되는데...

내일 점심 지나서 가능하겠어요?

점심식사를 해야 한다는 건 알지만...

컴퓨터 앞에서 샌드위치로 해결하는 게
우리 일 아니겠어요...

나는 삶을 사느라 바쁘다

merci,

나의 태양, 나의 병아리.

나를 따뜻하게 받아준 바스크의 요정들.
언제나 내가 가는 길에 불을 밝혀주는 남쪽나라의 마녀들.
편집을 맡아준 아나이스, 해 뜬 벌판의 벼꽃 같은 그녀.

그리고 이 책의 모험을 가능하게 해준 독자여러분에게
고마움을 전합니다.

그리고 무엇보다도...

...thank YOU.

La Tectonique des plaques - Margaux Motin

ⓒ Éditions Delcourt, 2013

Korean translation copyright ⓒ 2016 by Donghak Publishing Co., Ltd.

Published by arrangement with Éditions Delcourt

through Sibylle Books Literary Agency, Seoul

파리 여자도 똑같아요

펴낸이 유재영 | 펴낸곳 인벤션 | 지은이 마고 모탱

옮긴이 임명주 | 기획 인벤션 | 편집 이준혁

1판 1쇄 2016년 4월 28일

1판 2쇄 2017년 1월 4일

출판등록 1987년 11월 27일 제10-149

주소 04083 서울 마포구 토정로 53(합정동)

전화 324-6130, 324-6131 | 팩스 324-6135

E-메일 dhsbook@hanmail.net

홈페이지 www.donghaksa.co.kr

www.green-home.co.kr

페이스북 facebook.com/inventionbook

ISBN 978-89-7190-559-3 03860

* 잘못된 책은 바꾸어 드립니다.

* 인벤션은 주식회사 동학사의 디비전입니다.